Bob l'éponge

Gare aux souffleurs de bulles

adapté par David Lewman
illustré par Barry Goldberg

basé sur le film écrit par Derek Drymon, Tim Hill,
Steve Hillenburg, Kent Osborne, Aaron Springer, et Paul Tibbitt

Créé par Stephen Hillenburg.

Basé sur le film *Bob l'éponge* produit par *Nickelodeon Movies* et *Paramount Pictures*.

Publié par **PRESSES AVENTURE**, une division de
LES PUBLICATIONS MODUS VIVENDI INC.
5150, boul. Saint-Laurent
Montréal (Québec)
Canada H2T 1R8

Dépôt légal : 3e trimestre 2005
Bibliothèque nationale du Québec
Bibliothèque nationale du Canada

Traduit de l'anglais par : Catherine Girard-Audet

ISBN : 2-89543-277-5

Nous reconnaissons l'aide financière du gouvernement du Canada par l'entremise du Programme d'aide
au développement de l'industrie de l'édition (PADIÉ) pour nos activités d'édition.

Gouvernement du Québec — Programme de crédit d'impôt pour l'édition de livres — Gestion SODEC

« Tu vois Patrick, dit Bob L'éponge. Voici le crabe-buggy ! »

Patrick se lécha les babines. « Puis-je le manger maintenant ? »

« Non, nous allons le conduire jusqu'à *Shell City* et nous allons retrouver la couronne du roi Neptune », expliqua Bob L'éponge.

« Mais je croyais que tu n'avais pas de permis de conduire », dit Patrick.

« Tu n'as pas besoin d'un permis pour conduire un sandwich », répondit Bob L'éponge.

Alors qu'ils se dirigeaient vers *Shell City*, Bob L'éponge et Patrick se mirent à chanter leur chanson favorite. « *Je suis un Glouton Barjo, ouais !* », mugit Patrick. Ils durent bientôt s'arrêter pour mettre de l'essence.

« Que voulez-vous : du ketchup ou de la moutarde ? » demanda le pompiste. Il se tapa la cuisse, riant de bon cœur de sa propre blague.

Bob L'éponge sourit. « Cette voiture roule à indice d'octane élevé sans plomb. La moutarde va dans le réservoir à lave-glace. »

Le pompiste se mit à rire encore plus fort.

« Où allez-vous, les petits ? » demanda le pompiste entre deux éclats de rire.

« Nous, *hommes virils*, allons à *Shell City* pour récupérer la couronne du roi Neptune », expliqua Bob L'éponge en prenant sa voix la plus grave possible.

Le pompiste se mit à rire encore plus fort. « *Shell City* ? Vous ne tiendrez pas dix secondes une fois que vous aurez passé la frontière ! »

Aussitôt que Bob L'éponge et Patrick eurent traversé la frontière, une brute aux allures de dur à cuire les arrêta.

« Terminus, on descend », dit-il.

Bob L'éponge et Patrick descendirent de la voiture et regardèrent la brute s'éloigner à bord du crabe-buggy.

« Combien de temps ça a pris ? » demanda Bob L'éponge au pompiste.

« Douze secondes », répondit-il.

« Génial ! » lança joyeusement Bob L'éponge.

Le pompiste secoua la tête.

« Ils sont complètement perdus », murmura-t-il.

« Est-ce qu'on approche ? » gémit Patrick. Il lui semblait qu'ils marchaient depuis des heures.

Bob L'éponge aperçut une enseigne. « Ça dit que *Shell City* est seulement à cinq... milles kilomètres d'ici, soupira-t-il. Nous n'allons jamais y arriver à temps. Si seulement nous avions encore le crabe-buggy. »

Patrick montra soudainement quelque chose du doigt. « Regarde ! » s'écria-t-il.

Bob L'éponge aperçut une salle de billard d'allure de dur à cuire. Un immense sandwich était stationné juste à côté.

C'était leur crabe-buggy !

Bob L'éponge et Patrick coururent vers le crabe-buggy, mais lorsqu'ils regardèrent à l'intérieur, ils s'aperçurent que la clé n'était pas là.

Bob L'éponge jeta un coup d'œil par la fenêtre de la salle de billard et aperçut la brute qui avait volé le crabe-buggy. La clé était attachée à sa ceinture.

« Comment allons-nous récupérer la clé ? » demanda Patrick.

Bob L'éponge avait une idée. « Je vais entrer le premier à l'intérieur pour faire diversion, et alors tu prendras la clé ! »

« Oh, attends ! Je veux être celui qui fait diversion ! » implora Patrick.

« D'accord, dit Bob L'éponge. J'imagine que ça importe peu de savoir qui fera la diversion. Patrick ouvrit la porte toute grande et s'avança à grands pas dans la salle de billard. Bob L'éponge entra furtivement derrière lui.

« Puis-je avoir l'attention de tous ? » hurla Patrick.

La musique s'arrêta. Tous les durs à cuire de la salle de billard se retournèrent et fixèrent Patrick.

« Je dois aller aux toilettes », dit-il.

Patrick s'élança vers la porte et Bob L'éponge le suivit.

La brute qui avait volé le crabe-buggy dit alors :
« C'est juste là-bas. » Patrick se précipita vers les toilettes.

La brute jeta alors un regard vers Bob L'éponge qui essayait
de détacher la clé de sa ceinture. Bob L'éponge rit nerveusement.
« Oh, oui, dit-il. Les toilettes... voilà, hum, c'est ce que je cherche,
moi aussi. »

Bob L'éponge fit irruption dans les toilettes. « Patrick, voilà ce que tu appelles une diversion ? ! »

Patrick haussa les épaules. « Je devais aller aux toilettes. »

« La ceinture de ce gars était sale, grommela Bob L'éponge. Je me suis sali les mains pour rien. »

Il marcha vers le lavabo et appuya sur le distributeur à savon. Un tas de bulles parfaitement rondes se mirent à flotter. « Hé, Patrick, appela Bob L'éponge. Regarde ça... des bulles ! »

« Une fête de bulles ! » crièrent-ils.

Mais ils entendirent alors une voix mécontente provenant de l'autre côté de la porte. « QUI A SOUFFLÉ CETTE BULLE ? » gronda-t-elle.

« D'accord, dit le patron de la salle de billard. Vous connaissez tous la règle. »

Les durs à cuire cessèrent de jouer au billard et se mirent tous à parler en même temps. « La personne qui souffle une bulle fera rire de lui par chaque individu valide de cette salle de billard. »

Bob L'éponge et Patrick jetèrent un coup d'œil par la porte de la salle de bain pour savoir ce qui se passait.

« D'accord ! hurla le patron. Alors, qui a soufflé cette bulle ? L'un d'entre nous n'est qu'un enfant, pas un vrai homme. »

Bob L'éponge et Patrick tentèrent de s'enfuir discrètement par la porte arrière, mais le patron les aperçut. « VOUS DEUX ! VENEZ ICI ! »

Le patron attrapa Bob L'éponge et Patrick. Il les plaça en ligne avec les autres brutes.

« Nous recherchons un souffleur de bulles, dit-il. Et ne pensez pas que nous ne savons pas comment le retrouver. Aucun enfant ne peut résister à chanter cette chanson. »

Lorsque la chanson débuta, Patrick se mit à trembler. « Bob L'éponge, chuchota-t-il. C'est la chanson-thème des Gloutons Barjos ! »

« Je sais, chuchota Bob L'éponge. Ne la chante pas ! »

Le patron monta le volume de la chanson. Patrick ouvrit la bouche et respira profondément.

« Patrick, siffla Bob L'éponge. Ne...la...chante...pas ! »

« J'essaie, dit Patrick. J'essaie vraiment fort ! »

Patrick était sous le point de craquer. Il ne pouvait pas résister à chanter sa chanson favorite ! Bob L'éponge trembla. Il était convaincu que Patrick allait chanter, lorsque tout à coup...

« *Je suis un Glouton Barjo, ouais !* » Deux poissons siamois commencèrent à chanter la chanson !

« Lequel de vous deux a fait ça ? » hurla le patron. « C'était lui, » dirent-ils en même temps. Toutes les brutes se mirent à rire des poissons jumeaux.

Bob L'éponge et Patrick profitèrent de cette confusion pour s'échapper dans le stationnement.

Bob L'éponge s'essuya le front. « Ouf, ça a passé proche. »

Il aperçut le crabe-buggy qui se trouvait toujours là. « Mais nous n'avons toujours pas la clé », dit-il tristement. Il s'approcha du gros sandwich et tapota le capot. « Nous n'arriverons jamais à *Shell City*. J'imagine que nous ne sommes vraiment que des enfants. »

Patrick marcha vers Bob L'éponge. Il avait un drôle d'air. « Ouais, nous ne sommes que des enfants... »

« ... qui avons la clé ! » Patrick sortit rapidement sa main de derrière son dos. Il tenait la clé du crabe-buggy !

« Patrick, c'est fantastique ! » dit Bob L'éponge.

Ils sautèrent à l'intérieur du crabe-buggy. Bob L'éponge tourna la clé et ils partirent à toute allure vers *Shell City* pour récupérer la couronne de Neptune.

Tout au long du chemin, ils chantèrent :

« Je suis un Glouton Barjo, ouais ! »